VENTE DU SAMEDI 22 DÉCEMBRE 1894

HOTEL DROUOT, SALLE N° 7

A DEUX HEURES UN QUART

BEAUX BIJOUX

ENRICHIS DE

Diamants, Perles et Pierres de couleur

Précieux Livre d'Heures monté en or émaillé

ARGENTERIE ARTISTIQUE

Services de Table

MEUBLE-ARGENTIER DE KRIÉGER

Mᵉ G. BOULLAND	M. A. BLOCHE
Commissaire-Priseur	*Expert près la cour d'appel*
26, Rue des Petits-Champs, 26	25, Rue de Châteaudun, 25

EXPOSITION PUBLIQUE

LE VENDREDI 21 DÉCEMBRE 1894

De 2 heures à 6 heures

D05412

CATALOGUE

DE

BEAUX BIJOUX

ENRICHIS DE

Brillants, Rubis, Saphirs, Émeraudes, Perles Turquoises et Roses

BOUCLES D'OREILLES A ENTOURAGES & SOLITAIRES

Bagues, Broches, Bracelets, Colliers

ÉPINGLES DE CRAVATE & A CHAPEAU

Montres, Chaînes, Porte-plume

Porte-mine, Boucles de ceinture, Cure-dents, Tire-boutons

TRÈS BEAU LIVRE D'HEURES MONTURE OR ÉMAILLÉ

De style Renaissance

ARGENTERIE ARTISTIQUE & DE TABLE

Service complet de douze couverts, Services à thé et à café, Plateaux

Légumiers, Plats, Corbeilles

Flambeaux, Écritoires, Boites à tabac

MEUBLE ARGENTIER DE KRIEGER

DONT LA VENTE AURA LIEU

HOTEL DROUOT, SALLE No 7

Le Samedi 22 Décembre 1894, à 2 heures 1/4

Me G. BOULLAND	**M. A. BLOCHE**
Commissaire-Priseur	Expert près la cour d'appel
26, Rue des Petits-Champs	25, Rue de Châteaudun, 25

EXPOSITION PUBLIQUE

Le Vendredi 21 Décembre 1894, de 2 h. à 6 h.

CONDITIONS DE LA VENTE

Les acquéreurs payeront en sus des adjudications *cinq pour cent.*

La vente sera faite *expressément* au comptant.

L'exposition mettant le public à même de se rendre compte de l'état des objets, il ne sera admis aucune réclamation une fois l'adjudication prononcée.

Paris. — Imp. E. Ménard & Cie, 8, rue Milton.

BIJOUX

1 — Paire de très belles boucles d'oreilles forme rosaces composées chacune d'un gros brillant entouré de huit brillants et surmontées d'un chaton brillant.

2 — Paire de boucles d'oreilles formées de deux gros brillants solitaires montés à griffes.

3 — Bague chevalière en or mat enrichie d'un beau brillant.

4 — Bague mi jonc en or mat enrichie d'un joli brillant.

5 — Bague mi jonc en or mat enrichie de trois brillants.

6 — Jolie broche en brillants, modèle à rinceaux feuillagés enrichie de trois perles blanches d'Orient.

7 — Bracelet chaîne double en or mat avec chaton grosse turquoise et deux autres brillants.

8 — Collier en or et émaillé noir enrichi de brillants, de roses et de perles forme ronde et forme poire.

9 — Bracelet chaîne gourmette or mat et martelé avec chatons en brillants, rubis, émeraudes et saphir.

10 — Bracelet chaîne avec entre-deux en perles et brillants.

11 — Bague or poli enrichie d'un gros brillant monté à griffes.

12 — Bague composée d'une turquoise entourée de quatorze brillants.

13 — Paire de boutons d'oreilles brillants solitaires montés à vis.

14 — Bracelet chaîne montée de petits brillants cerclés et entre-deux en perles.

15 — Bracelet double chaîne corde ornée de perles.

16 — Petite broche forme fleur de lys en brillants.

17 — Broche formée d'une grande pièce de monnaie d'or égyptienne entourée d'émeraudes et de rubis.

18 - Épingle à chapeau forme épée dont la poignée est composée de cinq saphirs cabochons et deux perles.

19 — Bracelet modèle corde en or mat enrichi d'une turquoise forme scarabée entourée de roses et ornée de deux petites perles.

20 — Porte-plume et porte-crayon en or mat orné de saphirs, roses et perles.

21 — Porte-mine en or poli avec chiffre G.

22 — Liseuse en or mat avec mouche en rubis et roses.

23 — Broche forme papillon en or mat, rubis, émeraudes et diamants.

24 — Épingle à chapeau forme crosse en or et à double face enrichie de diamants, rubis et émeraudes.

25 — Épingle à chapeau en or ciselé formée d'un groupe de trois cygnes, ornée de roses.

26 — Boucle de ceinture forme gourmette en or mat enrichie de roses.

27 — Épingle de cravate or ciselé, dessin japonais cerclé d'or avec roses.

28 — Chaîne dite américaine en or et platine avec cachet tournant, intaille gravée.

29 — Petite chaîne de dame en or avec breloque forme flacon enrichi de saphirs et de roses.

30 — Cure-dents en or.

31 — Épingle or avec trèfle en brillants.

32 — Tire-boutons en or.

33 — Petite boucle en or.

34 — Bague or avec jolie perle blanche d'Orient.

35 — Bague or avec perle blanche d'Orient.

36 — Bague jumelle brillant et rubis, corps enrichi de roses.

37 — Broche forme couronne en perles et roses.

38 — Broche forme nœud en or mat avec perles et roses.

39 — Épingle à cheveux en écaille blonde enrichie d'une fleur de lys en brillants et roses.

40 — Paire de boucles d'oreilles : perles blanches entourées de feuillages en brillants et roses.

41 — Bague composée d'une émeraude entourée de brillants.

42 — Bague formée de cinq cercles d'or enrichis de roses, perles, émeraudes et rubis.

43 — Broche rosace en or repercé enrichie de roses.

44 — Bracelet chaîne en or avec motifs en rubis, émeraudes, saphirs, perles et brillants.

45 — Collier en or massif forme chaîne enrichi de chatons en rubis et émeraudes cabochons.

46 — Bracelet chaîne en or avec chatons turquoises en-
trecoupés de perles.

47 — Bracelet cinq rangs de perles bayadères avec bar-
rettes en roses.

48 — Broche forme branche fleurie or émaillé et roses.

49 — Bracelet or poli enrichi d'une grande rosace en
brillants.

5o — Bague marquise composée d'une émeraude et de
brillants.

51 — Bague perle entourée de brillants.

52 — Petite montre de dame or à remontoir, dessus
émaillé à têtes d'enfants enrichi de roses.

53 — Petite montre de dame à remontoir, or émaillé
rouge avec rose au centre.

54 — Montre de dame or à remontoir, dessus orné
d'étoiles en roses.

55 — Montre de dame en or, dessus orné de turquoises et de perles, suspendue à une broche forme serpent avec tête en émeraude et roses.

56 — Paire de boutons d'oreilles perles solitaires, montées à vis.

57 — Épingle de cravate perle blanche, monture or.

58-59 — Deux montres d'hommes or à remontoir, boîtiers gravés et guillochés.

60 — Montre d'homme à remontoir, boîtier uni.

61 — Montre de dame en or à remontoir, boîtier poli.

62 — Montre de dame en or à remontoir, boîtier guilloché.

63 — Tire-boutons en or.

64 — Très beau livre d'heures avec gravures à figures dessin de A. OVEYROY, exécutées par A. GUESNAN. Édition d'Alfred Mame et fils de Tours. Reliure en velours rouge, riche monture et fermoir en or émaillé dans le goût de la Renaissance. Travail remarquable.

65 — Paire de boutons d'oreilles formés de brillants solitaires montés à griffes.

66 — Montre de dame montée sur bracelet en or.

67 — Bracelet en or enrichi de onze perles.

68 — Paire de boutons d'oreilles forme boutons d'or en diamants.

69 — Montre de dame en or forme boule avec chiffres en roses.

70 — Montre de dame toute pavée de diamants suspendue à un bracelet en or orné de pierreries.

71 — Épingle de cravate en diamant et perles fines.

ARGENTERIE

72 — Écritoire en argent ciselé sur plateau à galerie, avec boîte à poudre et bougeoir, époque Ier Empire.

73 — Boîte à tabac en argent russe ciselé, dessin vannerie.

74 — Porte-cigarettes analogue.

75 — Encrier et sucrier en argent finement ciselé, décor à rinceaux et attributs de musique.

76 — Quatre entonnoirs sur trépieds en ancien argent uni.

77 — Service en argent, style Louis XVI composé de : un plateau, une théière, une cafetière, un sucrier et un pot à lait.

78 — Quatre salières en argent de forme cotelée, bordures à coquilles et rocailles, époque Louis XV.

79 — Plateau en argent, à anses, bordure à rocailles, style Louis XV.

80 — Légumier à anses avec son couvercle et son plateau en argent, bordure perlée et à feuilles de laurier ornés d'armoiries, époque Louis XVI.

81 — Sucrier avec couvercle en argent ciselé, décor à amours naviguant sur pieds à griffes de sphynx, époque Ier Empire.

82 — Moulin à poivre en argent ciselé, décor à attributs de musique.

83 — Plateau, théière, sucrier et pot à lait en argent gravé et guilloché, ornés d'armoiries.

84 — Chandelier en argent uni, époque Ier Empire.

85 — Tasse et soucoupe en argent gravé et cotelé; Louis XV.

86 — Corbeille à pain en argent avec ornement gravé.

87 — Deux flambeaux en argent ciselé, formés de figurines d'amours.

88 — Bouilloire sur trépied en argent uni.

89 — Sucrier en argent repoussé, décor d'amours tenant des guirlandes fleuries.

90 — Plateau à anses en argent ciselé, bordure à rocailles, style Louis XV.

91 — Deux tasses et deux soucoupes en argent guilloché.

92 — Tasse à bouillon en argent guilloché.

93 — Quatre plats à œufs en argent uni.

94 — Plateau rectangulaire en argent uni et ornements gravés.

95 — Plat ovale en argent uni, bords contournés.

96 — Plat analogue orné d'armoiries.

97 — Deux plats ronds en argent.

98 — Grand plat rond en argent, bordure ciselée.

99 — Service en argent, style Louis XV, composé d'une louche, une pelle à asperges, un service à poisson, un service à glace, service à salade, une cuiller à ragoût, une cuiller à punch, un service à découper, un manche à gigot, un couteau à melon, deux couteaux à fromage dont un à lame d'argent, une cuiller à sucre en poudre, une cuiller à fraises, une cuiller à glace, deux cuillers à sauce, huit pelles et fourchettes à hors-d'œuvre, deux pinces à sucre, vingt-quatre fourchettes, douze cuillers, vingt-quatre grands couteaux, douze couverts d'entremets, douze couteaux à dessert lames acier, douze autres à lames d'argent, douze couverts à melon, douze fourchettes à huîtres, douze cuillers à café, douze cuillers à glace.

99 *bis* — Joli petit meuble argentier d'encoignure en noyer à sept tiroirs gaînés de rouge. Travail de la maison KRIÉGER.

100 — Douze cuillers à café en argent russe doré.

101 — Douze fourchettes à melon en argent gravé et guilloché.

102 — Jolie cafetière en argent uni sur pieds à griffes, bec à tête de cheval marin, époque Ier Empire.

103 — Service en argent cotelé composé d'un plateau à contours, une cafetière, une théière, un sucrier et un pot à lait.

104 — Paire de ciseaux à raisin en argent ciselé, décor à ceps de vigne.

105 — Objets ornés.

www.ingramcontent.com/pod-product-compliance
Lightning Source LLC
LaVergne TN
LVHW010227060726
842527LV00007B/2653